GABRIEL GOBRON

Tartines
de
Cancoyotte

CONTE LORRAIN

Dédié à mon ami d'enfance
Charles ÉTIENNE

1919

LA MAISON FRANÇAISE
D'ART ET D'ÉDITION
PARIS - 37, RUE FALGUIÈRE - PARIS

Prix : 1 franc

Tartines de Cancoyotte

GABRIEL GOBRON

Tartines de Cancoyotte

CONTE LORRAIN

Dédié à mon ami d'enfance
Charles ÉTIENNE

PARIS

LA MAISON FRANÇAISE

D'ART ET D'ÉDITION

37, RUE FALGUIÈRE, 37

—

1919

Tartines de Cancoyotte

CONTE LORRAIN

Dédié à mon ami d'enfance
Charles ÉTIENNE

Or ça, toutes en Saint-Jehan-de-Moselle vous le diront comme je vous le dis, toutes, depuis la « *Chan-commère-bâbotte* » qui est, vous le savez, la femme du grand Walter, le garde champêtre, jusqu'à Mlle Séraphine, la servante de Monsieur le Curé. Toutes l'ont connu comme je vous connais. Et si l'esprit malin jette en mon récit un tantinet de menterie et de mensongerie, je veux, dès l'angélus du soir, n'être plus le fils de Michel Bauer, le maquignon que vous avez dû connaître aux foires du canton.

Or donc, en la bonne ville de Saint-Jehan-de-Moselle, près de Maizières-les-Metz, était un vieux à blouse bleue, pantalon de velours élimé, galoches et calotte noire, que les « *dâdées* » (mauvaises langues) avaient surnommé le Pel Molo, peut-être parce que de son vrai nom, on l'appelait le père Moreau. C'est, du moins, les registres de M. le Maire qui en font foi à la maison commune, car je n'avance rien que je ne tienne pour certain...

Il était tant et tant vieux, le Pel Molo, qu'il n'y voyait plus que par les jours de soleil. Souventes fois, il n'apercevait même pas la statue de Notre-Dame-des-Bois, sur la côte de Pisse-Vache que voyez ici près du bois des Fourosses. Il vivait entre chien et loup. Les petits morveux de l'endroit avaient beau le « *hincer* » (taquiner) en lui disant :

— Mais enfin, voyons, Pel Molo, vous la voyez, la Sainte Vierge sur la côte ?...

— *Pisque-j' l'ons dit déjà, sacré torré ! qu' je n' pâmes la ouère ! Nom d'un chien ! Bâille-moi la paix ! »*

Et vociférant, sa bouche crachait de la bave. Et les morveux trépignaient dans leurs sabots de bois, exultant à la colère du vieux drôle. Alors, lui claquait « *l'hoche* » (porte, huis), non sans avoir, d'un geste sec, retiré en un tour d'index, la chique de tabac que mâchonnaient ses bouts de dents noires et usées, pour la jeter « *en voye* » (par terre), et après avoir essuyé, du revers de sa manche, la roupie noire qui pendait au bout de son nez, violacé comme une quetche. Vlan !... C'était « *l'hoche* » qui ébranlait toute la chaumine.

Et les morveux commençaient un tam-tam d'enfer à la porte du Pel Molo. A tour de bras, ils frappaient avec des cornouillers sur des « *totès* » troués (ustensiles de cuisine), abandonnés aux venelles de la ville, et « *hulaient* » (criaient) sauvagement.

— *Pel Molo ! Pel Molo ! Marchand de cancoyotte ! Pel Molo ! Pel Molo ! A la cancoyotte ! A la cancoyotte !*

Et la sempiternelle ritournelle s'entendait devant « *l'hoche* » du père Moreau, de l'un à l'autre Angélus.

Car je dois vous dire que la cancoyotte est, comme qui dirait, une espèce de fromage cuit que vendait le Pel Molo en toutes les bonnes villes du pays de Metz, de Plappeville à Norroy-les-Pont-à-Mousson, et de Châtel-Saint-Germain à Saint-Avold. Et, foi de Lorrain ! si je n'avais peur de faire jaser ceux de chez nous en leurs potinières, je vous dirais, en toute confidence, que M. le Curé du village mangeait de la cancoyotte le jour du Seigneur, tant il la trouvait délicieuse. — Ceci entre nous, bien entendu, car les gens de chez nous sont si méchants !

Et n'eût été la bonne Séraphine, il n'eût mangé en carême que cancoyotte le matin, cancoyotte le midi, cancoyotte le soir, cancoyotte toujours et toujours cancoyotte. Mais la servante — une brave fille, foi de Bauer ! — lui ayant fort judicieusement fait remarquer que cancoyotte le matin, cancoyotte le midi, cancoyotte le soir, cancoyotte toujours et toujours cancoyotte faisait diaboliquement lâcher le ventre, M. le Curé qui est l'homme le plus sensé de la ville — ceci entre nous, bien entendu ! dut se rendre à l'évidence. Il fit effort, et s'abstint l'en demain de manger cancoyotte le matin, cancoyotte le midi, cancoyotte le soir, cancoyotte toujours et toujours cancoyotte...

Tandis que le Walter buvait à plaisir de gorge et de ventre du « *schnaps* » (eau-de-vie) à la Brasserie des Maquignons, dans la rue de Saint-Gengoulf, la « *Chan-commère-bâbotte* », longue comme une perche à houblon — ceci entre nous, bien entendu, *nem donc ?* — et plate comme une planche à pain, passait ses saintes journées et sa chienne de vie à faire à ses sept ou huit gosses des tartines de cancoyotte, minces comme une lame de couteau, et longues comme la route de Verdun. Et notre maître d'école, donc ! M. Arthur Dieudonné ne se cachait pas pour en avaler une longue tartine, sous sa tonnelle fleurie, tous les jours à quatre heures, quand les gosses sortaient de l'école. Et la « *Dâdiche* » même, qui est, sauf votre respect ! une espèce de folle à laquelle trois ou quatre domestiques de ferme ont déjà fait deux ou trois petits garçons d'écurie, ne vivait que de la cancoyotte du Pel Molo... Bref, tous et chacun de s'occuper de manger cancoyotte le matin, cancoyotte le midi, cancoyotte le soir, cancoyotte toujours et toujours cancoyotte...

C'est assez vous dire que le Pel Molo, qui n'est pas une bête, nenni ! avec sa cancoyotte était moult connu des jolies filles et des mangeurs de grosses fèves, de Plappeville à Norroy et de Châtel Saint-Germain à Saint-Avold. On le connaissait comme on connaît à Maizières-les-Metz le plus beau chêne du quart en réserve ; comme à Gorze, à Metz et à Lorry, on connaît le médecin de Lessy, depuis qu'un malin compère lui fit analyser les urines d'un méchant baudet comme étant siennes, et que le docteur lui ordonna flegmatiquement une botte de foin et un picotin d'avoine pour le guérir ! Tous, grands et petits, petits et grands, mangeaient avec délices sa savoureuse fromagère. Le vieux, une larme à l'œil et une roupie au nez, riait dans sa barbe de ouate à voir les longues tartines de cancoyotte s'engloutir goulûment, laidement, dans les bouches voraces, ouvertes comme des bouches de crapauds et des gargouilles de cathédrale.

— Sacré torré !... Quand j' vous l' dis !... Par Notre-Dame-des-Bois, gardienne des âmes de Saint-Jehan-de-Moselle, c'est des « *tandelins* » (hottes) de « *pots de can* » de cancoyotte qu'il vous faudrait porter chaque matin et chaque vêpre... Sans ma cancoyotte ?... Mais, il y a belle lurette que les asticots de cercueil vous téteraient les chairs et le nombril !... Ma cancoyotte ? Ça vous descend dans le « *zizi* » (gésier, gorge) comme le petit Jésus en pantalon de velours rose !...

Et, foi de Bauer ! le plus fort de l'histoire, c'est qu'il disait vrai, ce sacré mâtin — ceci entre nous, bien entendu !

J'ai souvenance que M. Arthur Dieudonné — je vous le répète, c'est le maît' d'école de chez nous — nous disait une fois, un jour... Tenez, je m'en souviens comme d'hier, c'est le jour où la « *grisette* »... Non, la « *Dâdiche* »... Pardon, c'est bien la « *grisette* »... donc le jour où la « *grisette* », la vache des Longanseille de la rue Saint-Gengoulf... eût son deuxième petit garçon... Non, faites excuse... c'est le jour où elle vêla d'un veau ventru comme jamais vivant n'en vit de sa vie... Cette satanée « *Dâdiche* » me revient toujours en esprit — ceci entre nous, bien entendu !... M. Arthur Dieudonné nous disait donc ce jour-là que sans pain, le Français ne peut pas vivre. J'eus la règle de fer sur les doigts, et je fus au cachot deux grandes heures de soleil pour avoir ajouté, sans malice, croyez-le bien ! « ... et sans jus de *pineau* (raisin) !... » Pour moi, la sagesse venant avec les années, j'ai songé bien des fois, au clair de lune, que sans la cancoyotte du Pel Molo, ceux de Saint-Jehan-de-Moselle aussi bien que ceux de Maizières-les-Metz, les jolies filles anssi bien que les mangeurs de grosses fèves, n'en seraient tous allés dans le royaume des taupes sucer les pissenlits par la racine...

Mais, tenez ! rien qu'à la voir filer, la cancoyotte du Pel Molo ! A la voir filer comme filent les macaronis cuits dans le camembert... A la voir filer grasse, épaisse, jaune comme l'or dans les pots de grès bleu !... A la voir filer, ô délices des délices ! rien que d'y penser encore, l'eau m'en vient plein la bouche, et mon estomac s'ouvre comme la botte creuse de Saint-Benoit !... Ah ! l'insensé Nicolas, le fils du Louvetier qui a mangé la bouillabaise à Marseille et n'a pas goûté à la cancoyotte du Pel Molo ! Et cet autre insensé, le Valentin Mosellet qui raconte avoir mangé des fricassées de sauterelles et des soupes de lézard en Afrique, et n'a jamais voulu se lécher les doigts et se pourlécher les babines après une tartine de cancoyotte... A la voir filer, claire, épaisse, onctuense, et d'un jaune ! Tenez, du jaune des mottes de beurre que ma grand'la borgne va vendre les samedis sur la place Saint-Louis à Metz, dans de vertes feuilles de vigne... A la voir. . Ah ! ça me fait pleurer -— Faites excuse, mais c'est plus fort que moi, il faut que j'y aille de ma larme ! — de penser aux tartines de cancoyotte que j'ai mangées goulûment, salement, pour dire le mot — ceci entre nous, *nem donc ?* au bon vieux temps où tous, petits et grands, grands et petits, jolies filles et mangeurs de grosses fèves, mangeaient cancoyotte le matin, cancoyotte le midi, cancoyotte le soir, cancoyotte toujours et toujours cancoyotte... J'en ai dévorées, ma parole ! à en faire une montagne plus haute de cent pieds que la côte de Pisse-Vache, qui vous le savez, épate ceux de Maizières qui viennent chercher « *valentine* » (bonne amie) et prendre femme en notre honorable paroisse... Que Notre-Dame-des-

Bois, gardienne de nos âmes, me maudisse jusqu'à la troisième génération dans le sang de ma géniture et de mes rejetons, si la cancoyotte du Pel Molo ne vous faisait pas, malgré vous, pencher au laid péché de gourmandise... Je vous ai dit déjà de M. le Curé... Je vous dis encore, de l'avis même de Mlle Séraphine, il y a sur la terre des choses tant et moult bonnes, et des péchés si mignons, si doux, que franchement il faudrait être de bois ou de fer, une planche à lessiver ou une porte de prison, pour ne pas s'y laisser aller mollement, très mollement... Et la cancoyotte du Pel Molo, ma parole d'honnête homme ! aurait fait damner les saints du Paradis de saint Pierre... Et comme Dieu fut, dit-on, créé à notre image, je suis sûr que le Paradis des jolies filles et des mangeurs de grosses fèves de Saint-Jehan fut créé avec des ribambelles de marchands de cancoyotte, qui gravitent comme les étoiles autour du soleil, autour du trône de Diamant et d'Or, où se tient le merveilleux fils des Hommes... Vous le pouvez croire également, car les Bauer n'ont jamais ouvert le bec pour un mensonge, je vous l'affirme sur leurs tombes, mais ce que je vais vous dire, c'est bien entendu à l'oreille, entre nous, de frère à frère : Eh bien ! M. le Curé ne devait son teint clair comme la chair des jeunes filles, et son minois fleuri comme un coquelicot des champs, qu'à la bonne et grasse cancoyotte du Pel Molo ! Il la laissait un long temps dans sa bouche délicate, la battait et la rebattait de sa langue rouge contre le palais, comme beurre en baratte, pour faire durer le suave plaisir de gorge... Ah ! où sont-elles, les bolées de cancoyotte du Pel Molo ? Où donc sont-elles ?... Toutes finies, pauvre ami !... Quand reviendra-t-il le temps des cerises et des tartines de cancoyotte ?... Hélas !

Or donc... Mais en m'attardant aux fils de cancoyotte, j'ai perdu le fil de mon discours... Remettons donc le « *haberlin* » (panier à légumes) au potager, la cuvelle à la cave, le « *behiot* » (bâton) derrière la porte et le clocher au milieu du village... Nous en étions donc, si mémoire ne me faut, à la ritournelle des petits « *bo- zrés* » (malpropres) devant l'« *hoche* » du Pel Molo :

— *Pel Molo ! Marchand de cancoyotte ! Pel Molo ! Pel Molo ! A la cancoyotte ! A la cancoyotte !*

N'y pouvant plus tenir, le Père Moreau s'en vint ouvrir, un rouge mouchoir à la main, tout empuanté de jus de tabac, qu'il passait et repassait sur sa vieille peau ridée comme un pruneau de quetche. Il ne put articuler un mot : un tolle général le rejeta dans sa chaumine, comme le « *Peut-Homme* » épouvante le moutard qui fait le « *môlin poil* » (méchant drôle) et ne veut pas s'endormir...

— Dis donc, le Pel Molo !... T'en as gros sur la conscience, hein ?... Avec ton affaire des vers-à-queue !

C'était le Lolo Walter qui avait parlé. Tous les autres l'avaient regardé, avec ses cheveux couleur queue de vache et sa figure toute blonde de taches de rousseur. Tous les autres l'avaient écouté avec respect, car pour un lapin, c'en était un, celui-là !...Il en avait fait des tours aux filles du village, malgré ses treize ans, et pour des choses répugnantes et croustillantes à la fois,il en savait, Dieu de Dieu,des vertes et des pas mûres !... à en faire rougir une vieille guenon !...

— Dis donc, le Pel Molo !... T'en as gros sur la conscience, hein ?... Avec ton affaire des vers-à-queue !...

Vlan !... « *l'hoche* » du Pel Molo claqua encore un coup, et Dieu soit loué ! le Pel Molo se signa saintement, pour éloigner de lui, le démon de colère et de vengeance, qui l'empoignait au même instant...

Ah ! c'est que l'affaire des vers-à-queue, voyez-vous, avait fait son potin du diable en la région de Metz. Toutes les « *hâlettes* » en devisaient dans les vignes, toutes les « *charlottes* » (deux coiffures lorraines) en faisaient des gorges chaudes aux « *couarrails* » (veillées), et tous les « *bonnets* » en plaisantaient aux lavoirs de la commune, à Plappeville aussi bien qu'à Norroy-les-Pont-à-Mousson.

Et c'est à partir de ce temps-là seulement que le Pel Molo ne vendit plus un « *pot de can* » de cancoyotte, ni à Maizières-les-Metz, ni à Saint-Avold, ni à Châtel-Saint-Germain ni à Plappeville... Rien que d'y penser, les femmes écumaient, le chignon en broussaille, et les hommes crachaient à terre, en serrant ferme les poings ?

On racontait alors que le Pel Molo mâchait ses trente et six chiques de tabac par jour, pour tromper la faim qui lui dévorait les entrailles. Il suçait la première quand le coq de la « *Chan-commère-bâbotte* » claironnait l'éveil aux poulaillers du village, et s'endormait avec la trente et sixième, quand la « *Dâdiche* » s'en revenait du chemin creux des Goulenvaux, là ou trois ou quatre domestiques de ferme lui avaient fait deux ou trois petits garçons d'écurie, entre chien et loup...

Mais, au fait, la connaissez-vous, vous, l'affaire des vers-à-queue ? Mon Dieu, faites excuse, mais à vous parler de la « *Dâdiche* », j'allais oublier de vous la conter — ceci entre vous, *nem donc ?* Tenez, qu'à cela ne tienne, le temps de me moucher dans mes doigts, et vous en saurez dire aussi long que moi. Toutes à Saint-Jehan-de-Moselle vous le diront comme je vous le dis : toutes, et ni la « *chan-commère-bâbotte* » avec son dos en arête de poisson, ni mademoiselle Séraphine avec ses angéliques douceurs. n'y pourront ajouter une once de vérité en sus. Et que Notre-Dame-des-Bois, gardienne de vos âmes, me frappe avec le tonnerre du ciel, si j'ose vous tromper d'un mensonge...

Or ça... M. le Curé avait, comme à l'ordinaire, étendu sur une « *trique* » de pain une grasse couche de grasse cancoyotte, en songeant au *benedicite*. Ouvrant sa bouche comme le four de notre boulanger — la vérité me force à le dire — il allait l'engloutir à belles dents, quand... Mais tenez, rien que d'y penser, le cœur me lève !...

Faites excuse, mais toutes en Saint-Jehan-de-Moselle

vous le diront comme je vous le dis... Toutes, depuis la « *Chan commère-bâbotte* » jusqu'à la « *Dâdiche* » en passant par mademoiselle Séraphine, qui, grâce au ciel n'a jamais péché du laid péché de mensonge !... Que cent « *hôlées* » (averses) de grêle me battent les flancs et la figure avant la Chandeleur, si j'ose vous tromper d'un mensonge ! Il allait la dévorer à belles dents, quand... Mais suffit que je vous dise que le cœur m'en lève encore de dégoût, pour que vous me fassiez grâce du reste, *nem donc ?*

D'aucuns, et non des moins avisés, vous pourront dire que c'est M. Arthur Dieudonné, not' maît' d'école, qui en a fait une des siennes à M. le Curé... Car vous n'ignorez pas que M. Arthur Dieudonné a renié la religion de sa mère, depuis qu'il est allé aux écoles de l'Etat, et qu'il ne croit ni à Dieu, ni au diable... Il ne croit qu'à lui-même, et se demande parfois si les autres existent, tant le ver du doute laboure son cœur !... C'est un sans-dieu ! Et *sans Dieu, sans cœur*, disent avec raison les vieilles tricotteuses des « *couarrails* » M. Arthur Dieudonné a une règle de fer, qui m'affirma un jour que mon existence n'était pas chimérique .. Eh bien, en dépit de cette règle de fer, je ne crois pas à ces accusations mensongères, dont le parti des noirs accable le parti des rouges. Je connais M. Arthur Dieudonné comme je connais mon père, et foi de Lorrain ! il n'est pas l'homme à se salir avec pareille saleté !

Mais alors, direz-vous, comment les vers-à-queue grouillaient-ils et se tortillaient-ils dans les « *pots de can* » du Pel Molo ? J'avoue que votre question m'embarrasse un tantinet, mais dame Dieu ! c'était au Walter à faire une enquête concluante ! Que ne l'a-t-il faite ! Au reste, n'en déplaise à not' maît' d'école, peut-être est-ce l'esprit malin ! C'est le diable qui, l'année dernière, à pareil jour, précipita le tonnerre du ciel sur la Vierge de la côte que vous apercevez là, devant vous, à trois ou quatre jets de pierre... Et depuis ce temps, elle est restée manchotte !... Peut-être donc est-ce le diable !

Je vous jure que, de ce jour, il n'entra plus chez moi une seule bolée de cancoyotte ! Décidément, le vieux Pel Molo, puant et chiquant, n'était plus assez ragoûtant !... C'est de cette époque que je n'ai plus englouti les longues tartines plates de cancoyotte .. Ah ! il m'en souvient comme d'hier !... Même que j'ai mangé la dernière sur la margelle du puits des Filles Joyeuses, au milieu de la grand'place de la bonne ville de Saint-Jehan-de-Moselle... Même que c'était ma grand' la borgne qui me l'avait taillée, dans une grosse miche toute enfarinée ! Et même que j'en ai donné un « *stück* » (morceau) à Nicolas le Lorrain, le gardeur d' « *ouyes* » (oies) et de « *gayes* » (chèvres) qui en avait grand faim...

Trois lunes après, aussi vrai que je suis le fils de Michel Bauer, on portait au cimetière du village le Pel Molo, qui y repose depuis ce temps dans la paix du Seigneur... il mourut de misère devant trop de cancoyotte... Les balais neufs vont toujours bien, et les vieux marchands n'ont plus d'autres clients qu'eux-mêmes... Il s'éteignit donc en mâchonnant sa toute dernière chique de tabac, juste au moment où M. le Curé récitait son *benedicite*, et où la « *Dâdiche* » s'en revenait de son chemin creux des Goulenvaux... au moment où le Walter avalait une goulée de *kirschwasser* à la Brasserie des Maquignons, dans la rue Saint-Gengoulf. Et il n'est plus une jolie fille, il n'est plus un mangeur de grosses fèves pour avoir revu le marchand de cancoyotte soit à Plappeville, soit à Chatel-Saint-Germain, soit à Norroy... Le Lolo Walter prétendit un jour l'avoir rencontré sur la place des Blairaux, à Lorry-les-Metz, où il était allé dans l'espoir d'œuvrer de chair avec la Suzanne Michotte, la fille du garde forrestier qui habite aux Ravelins. Tout le monde le traita de fou et de sale rouquin, et il en fut pour sa courte honte... Le Pel Molo arriva au Paradis de saint Pierre avec son « *tandelin* » et sa longue barbiche de coton, et saint Pierre lui donna des

bésicles pour mieux voir. Il paraît qu'il attend la résurrection des chairs, pour revenir au pays dé Metz vendre
comme autrefois sa bonne cancoyotte aux indigènes.
C'est encore le Lolo Walter qui fait courir ce bruit-là...

Si d'aventure, vous passez au pays de Metz, venez
donc frapper à « *l'hoche* » des Bauer... Ils ont encore,
dans leurs caves, quelques bouteilles de vin gris de Scy
et vins blancs de Pagny, qui vous mettent des fourmis
aux jambes et des appétits aux sens. Sauf quatre ou
cinq jours par semaine où je vais chasser le lièvre, j'y
suis tout le reste du temps avec ma grand' la borgne,
qui se souvient de m'avoir coupé force tartines de cancoyotte. Vous ne sauriez vous y tromper : les Bauer ont
toujours habité dans l'ancien cloître des frères Blandins,
dans la première rue à droite de la cabane de la « Dâdiche », laquelle se trouve à gauche de la cure, en allant
à droite vers la chaumière des Walter... Au reste, vous
pourrez rencontrer la « *Dâdiche* » dans son chemin creux,
ou la « *Chan-commère-bâbotte* » dans son taudis, ou la
servante de M. le Curé en sa cuisine, qui, toutes vous le
diront comme je vous le dis.

Je ne vous offrirai pas de cancoyotte, mais je vous
ferai voir la chaumière, vide toujours, de l'infortuné
Pel Molo, triste comme un cercueil avec ses quatre
murs nus, et devant laquelle tourne toujours la ronde
des petits enfants de Saint-Jehan-de-Moselle :

— *Pel Molo ! Pel Molo ! Marchand de Cancoyote !
Pel Molo !. Pel Molo ! A la Cancoyotte ! A la Cancoyotte !...*

Si vous n'êtes pas trop fatigué de cette promenade,
nous irons jusqu'à la cure, pour surprendre M. le Curé
rêvant l'âge d'or où il mangeait à délices, avec grand
plaisir de gorge et de ventre, cancoyotte le matin, cancoyotte le midi, cancoyotte le soir, cancoyotte toujours
et toujours cancoyotte... pour surprendre Mlle Séraphine rêvant le bienheureux temps où elle faisait fort
judicieusement remarquer à M. le Curé que cancoyotte

le matin, cancoyotte le midi, cancoyotte le soir, cancoyotte toujours et toujours cancoyotte faisait diaboliquement lâcher le ventre...

Non, en vérité, tant que le monde sera monde, et qu'il y aura un toit qui fume en Lorraine, on se souviendra des tartines de cancoyotte du Pel Molo ! Les tartines de cancoyotte, voyez-vous, c'est comme l'histoire de Jehanne de Domrémy avec ses petits sabots, c'est dans le sang, et il n'y a que ceux de Maréville ou de Gorze (asiles de fous) qui peuvent oublier ça !...

Les tartines de cancoyotte !... de can-coy-otte !... Dieu nous donne à nous comme à notre géniture les longues et plates tartines de Cancoyotte, que nos pères se souviennent d'avoir mangées !... Les tartines de cancoyotte !...

GABRIEL GOBRON.

LA MAISON FRANÇAISE D'ART ET D'ÉDITION
37, rue Falguière, PARIS (XVᵉ)

COLLECTION BIJOU IN-32

COLLECTION IN-16 JÉSUS

DIVERS